우리 사랑은 변하지 않을 거야

우리 사랑은 변하지 않을 거야

발행일   2015년 3월 27일

지은이   김 경 환
펴낸이   손 형 국
펴낸곳   (주)북랩
편집인   선일영   편집   이소현, 이탄석, 김아름
디자인   이현수, 김루리, 윤미리내   제작   박기성, 황동현, 구성우
마케팅   김회란, 박진관, 이희정
출판등록   2004. 12. 1(제2012-000051호)
주소   서울시 금천구 가산디지털 1로 168, 우림라이온스밸리 B동 B113, 114호
홈페이지   www.book.co.kr
전화번호   (02)2026-5777   팩스   (02)2026-5747

ISBN   979-11-5585-530-0 03810(종이책)   979-11-5585-531-7 05810(전자책)

이 도서의 국립중앙도서관 출판예정도서목록(CIP)은 서지정보유통지원시스템 홈페이지(http://seoji.nl.go.kr)와
국가자료공동목록시스템(http://www.nl.go.kr/kolisnet)에서 이용하실 수 있습니다.
(CIP제어번호 : CIP2015008716)

우리 사랑은
변하지 않을 거야

西星 김경환 시집

북랩 book Lab

　사랑을 시작하면 변하지 않으려고 노력하는 것이 사랑의 기본입니다.

　그 여인을 사랑한다면, 그 남자를 사랑한다면 상대방을 위해서 본인이 무엇을 할 수 있는가? 상처받지 않게 후회없는 사랑을 해 줄 수 있는가? 나 자신에게 물어보고 또 고민해 보십시오. 그 사랑을 통해 그 사람 존재도 알아가고 내 존재도 알아가야 하는 법이지요. 그 사람을 지켜줄 수 있는 사람이 되어야 그 사랑이 변하지 않습니다.

　그 사람을 사랑한다면 그 사람을 웃길 수 있는 매력도 필요하고 때론 본인이 바보도 되어야 합니다. 그렇게 그 사람만 바라보는 사람이 되십시오. 그것이 사랑 중에 최고의 사랑이라고 당당하게 말을 할 수 있습니다. 그런 사랑은 절대로 후회하지 않고 상처도 받지 않고 서로 피눈물을 흘릴 리가 없겠죠.

사랑에는 애칭이 필수입니다. 애칭을 통해 내가 그 누군가를 사랑하고 있다는 것을 스스로 깨달으며 그 사람에게 잘해 주게 됩니다. 그래야 그 사람만 보는 남자가 되고 다른 여자들한테 한눈을 팔지 않는 법입니다. 사랑은 상처를 주어 아프기보다는 서로를 보듬어 그 사람을 통해 본인이 행복을 찾아야 하는 구체적인 노력의 과정입니다.

본인이 그 누군가를 사랑할 땐 고민하세요.

요즘 세상은 사랑할 땐 고민하지 않고 꼭 결혼하기 전에 고민하는데 그렇게 하지 마세요. 사랑할 때부터 고민하시고 나중에 결혼하기 전에도 고민해야 남자의 두려움, 여자의 두려움이 없어집니다. 사랑할 땐 진지하게 고민하지 않고 사랑해서 상처받고 헤어졌다고 결혼하기 전에는 결혼하기 싫다고 하는 사람도 있어요. 나중에는 남자를 못 믿고, 여자를 못 믿는 일이 올 것입니다. 사랑할 때도 그 사람이 나를 어떤 사람으로 보았길래 좋다고 하는지 그런 생각을 하며 내가 그 사람에게 의지하고 사랑하면 내가 행복하게 될까? 그 사람을 통해 상처보다 후회하지 않는 사랑을 할까? 그런 생각 그런 고민을 하십시오.

사랑할 때 후회할 사랑이라면 일찌감치 포기하세요. 후회 안 하는 사랑이라면 그 사랑을 영원토록 가지고 사십시오. 그래야 그 사랑을 통해 행복을 찾고 행복한 사람으로 이 세상을 아름답게 살아가실 수 있습니다.

본인이 나 자신에게 예언하세요.

'난 그 사람에게 절대 상처 주지 않을 것이다.'

예언하세요. 말을 하지 않아도 그 사람을 만나서 속마음으로 예언하십시오. 진짜로 그 사람을 바라보면 남자로 그 사람을 바라보는 여자로 이 세상을 살아가게 되며 나중에는 이 사람과 결혼해도 상처보다 행복한 가정을 뿌려 나갈 수 있을 것입니다

진정 행복한 사랑을 하세요.
지금 그 사람이 나의 사람이라면 상처를 주어 후회하

지 말며 서로 우리 사랑 변하지 않을 것이라고 저 하늘
에 저 별에 맹세도 하시고 아름답고 행복한 사랑을 만드
시길 바랍니다.

모든 외짝뿐만 아니라 대한민국 국민들 서로 사랑하
는 사람이 있으면 힘과 희망을 주시는 아내로, 여자친구
로, 남편으로, 남자친구로 좋은 일만 가득하시고 서로에
게 사랑의 힘을 충전해 주세요.

우리 사랑 변하지 않을 거야, 영원히….

차 례

제2부

제3부

제4부

제1부

너, 나, 우리

세상을 살다 보면요
변화가 오고 우정도 깨지고
변화가 오고 나의 모습도 달라지죠

그렇게 나의 모습 변해도
그렇게 우정 깨진다고 하여도
우리는요 나는요 너는요

변하지 않길 원하는 것
반드시 한 가지 있구나!

너 사랑하며 의지하는 것이요
나 사랑하며 누군가에 베푸는 것이요
우리 사랑하며 널리 사람에게
위로와 용기와 희망 전해 주는 것이요

바로 사랑 사랑이여

사랑 사랑 받는 자

사랑 사랑 주는 자

그래도요 다 행복하기에

그래도요 다 마음이 평안하기에

우리 사랑만이 변화 오지 않기를

너의 사랑만이 변화 오지 않기를

나의 사랑만이 변화 오지 않기를

인간으로 도리요 도덕적으로 인격이시구려

있어, 있어요

나에게 있어요
당신에게 있어요
우리에게 있어요

찾아보시기에 힘들어도
시간이 지나서요 느끼게 되는 것

나의 정이요 있어요
당신의 정이요 있어요
우리에게 정이요 있어요

정이 있으니 말도 하고
서로 인사하고 서로 밥을 먹는 거지
정이 없다면 이 자리에
우리가 없어요 있을 수가 없더라

저 사람 보기 싫어도
다시 또 보지 못하여도
다시 보게 되는 것이 정이시구면

말은 그렇게 하여도요
그 사람에 대한 정이 남아 있으니까
말하기까지는 시간이 걸리지만요
우리는 정이 다 있습니다

그 정 다시 널리 전파하시면
우리가 원한 사랑 변화 오지 않으시구려

마음이 고와야지

우리는 의지하고 싶은 마음
저 사람 이야기하고 싶은 마음
그런 마음이 들게 하는 요령이 있어요

바로 내가 하는 것이 중요하되
하지만 상대방의 마음이 중요하구나

얼굴이 예쁘다고
몸매가 섹시하고
잘생겼다고 운동 잘한다고
의지하고 싶은 것이 아니라
이야기하고 싶은 것은 정상이 아니구먼

바로 마음 마음이여
마음이 고와야지
이야기하고 의지하고 싶은 것이여

얼굴이 예쁘다고 잘났다고

그 사람 사랑하면

오래가지 못하되 사랑의 변화가 오니

상처 남으며 오게 될 것이더라

사랑의 변화 오지 않기 위해서라면

그 상대의 마음을 보세요

고운 여인인지 남을 베풀며 사는 여자인지

고운 남자인지 차별하지 않는 남자인지

그 사람의 하는 행동 배려하는 모습이 보여야 그만이죠

그것이 사랑이 변화 오지 않아유

그래야 저 사람이 마음씨 곱고

저 사람이 남을 베푸는 모습 보고

그 사람 얼굴 봐서 아니라고 그런 모습 보고 반하시구려

그래야 저 사람에게 의지하고 말해도

내 마음이 아주 평안하고 더욱 믿고 사는 것이려

웃을 수 있습니다

웃습니다, 웃어요
울상이라도 웃으려고 하면
계속 울상이 아니라
나도 모르게 웃습니다

울상 한다고 온종일
내 얼굴이 울상이 아닙니다

웃으려고 노력하고 또 노력하며
웃습니다 그렇게 변화 옵니다

저 사람이 싫어요
말하기 싫어요
그렇다고 싫은 마음이
얼마나 간다고 생각하는가?

그 싫어하는 마음은
그 사람의 행동 보고
곧 없어지고 그 사람만이
보면 말하고 싶고 좋아져요

너무 신기해요
사랑이 있기에
사랑이 변화 오지 않았기에
내가 당신께 정을 주는 것이시구먼

당신은 나를 싫다고 피하고
짜증 내고 나를 보고 비난하여도
오히려 그런 당신 신경 써 주며
오히려 그런 당신 기도해 주는 나

이제는 당신이 나 볼 때만 아니라
당신은 무표정이더라 이제 웃었으면 좋겠구려

건강합니다

건강하면 건강한 사람
당연히 있어요, 당연히 있죠

건강하면 아픈 사람
또 당연히 있어요, 있죠

본인이 어떻게 하느냐 따라서
내 몸이 달라집니다

우리 사람은요
건강해지고 싶은 것
아프게 살지 않은 것

그런 병은 약이 없어요
그런 병은 고친 병원도 없어요

내가 꽁꽁 앓고 있는 마음의 병
마음의 병 치유하는 방법도 있어요
여러분의 사랑과 배려해 주는 것이시구먼

여러분이 사랑을 전해 주며
나중에 변화가 와서 그 사람을 버리고
나중에 변화가 와서 그 사람을 울리지 않고
나중에 변화가 와서 그 사람을 왕따를 시키지 마시더라

변화 없는 사랑의 여러분이 전해 주시되
그 사람 곁에 영원히 함께 하시어

용기와 힘과 희망을 주며 베풀어 주면요
그 마음의 병 환자도 당신들 통해 치유될 것입니다

육체는 마음의 병 하나로 고생하여
너무나 힘들어도 내 마음은 너무 행복합니다
당신들의 사랑과 손을 잡아주기에 난 일어났기 때문이시구려
영원히 영원히 내 곁에 있어주실 거죠?
당신께 내가 의지하며 살고 싶어유

그 마음의 병 고생하는 사람에게 따뜻한 손잡아 주시며
이런 말해보시게
서로 파이팅입니다 이 말 꼭 해 주시구려

나의 존재 찾습니다

이 세상에서
나의 존재 찾고 싶어요

나도 모르게 변한
나의 존재 다시 찾을래요

나 이런 사람 아니었는데
나 원래 사람이 또 나
어디 갔을까요? 숨었을 것 같아요

당당한 내가 자신감 있던 내가
주눅이 들고 겁이 많은 나로 변했고

사람들이 인사도 잘하던 나
이제는 사람들 아는 척 마는 척 나의 존재

나도 몰라요
사랑 변화 왔나 봐요
나도 무척 힘들어요

나의 원래 존재
찾으면 돌려서라도
원래 나 자신으로 가서

또다시 이런 모습
보여 주고 싶지 않을 것이시구려

누군가의 나의 벗

어디든지 갈 때
누군가의 나의 벗일까

항상 생각하며
하루하루 살기도 하지요

나의 벗이라도
변하면 내 곁에
떠날까 봐 더 멀리할까 봐

두근거리는 나
조마거리는 나

과연 나의 벗
누가 되어 줄 수 있겠는가?

기대되고 설레며
사랑 변화 오지 않았으면…

오래된 지인으로 살 것인데
오래된 친구로서 지낼 텐데

전 두 팔 벌려 있어요
나의 벗과 포옹하고 싶어서
기뻐하고 그 벗을 놓치기 싫어지구려

꽃처럼 아름다운 사람

저 사람은 아름다운 사람
저 사람은 귀여운 사람
꽃처럼 화려한 사람

그 사람의 사랑이
변화가 오지 않았다

그 사람이 변화가 오면요
저 사람 이 사람 가까워질 수가 없죠

꽃처럼 그 사람 사랑하니까
꽃처럼 그 사람 귀여우니까
꽃향기 나는 사람이기에 난 좋아합니다

왜 사랑은 변화가 오게 되면
그 사람이 날 싫다하면
꽃처럼 아름다운 사람이라도
저도 관심이 없어 보이겠죠

그렇지만 난 그 사람에 대한 사랑
변화가 오지 않았고 아직도 사랑하기에
난 그 사람 생각하며 참 아름다운 사람이다
난 그 사람 바라보며 꽃처럼 귀여운 사람이다
그린 생각을 하게 되시구먼

사람은 아름다워진 모습으로 살려면요
꼭 대단한 사람으로 사시고
꼭 남들보다 더 좋은 일 하시구려…

본인의 값어치가 그 높게 보이게 될 것이며
남들이 당신을 꽃처럼 아름다운 사람으로
인정해 주고 좋은 일 있게끔 기도해 주는 것이시구려

가자 사랑아

가자 그 사람 위로하러
가자 그 사람 베풀러 갑니다

나의 사랑 변화가 오지 않았으리
지금 내가 여기 있는 것이더라.

변하지 않는 나.
가자 사랑 가지고 가자
내가 가진 사랑 널리 나누어 주시게

이 사람이 나의 사랑을 받고
상처받은 아이들 치유되오니
이 사람이 나의 사랑을 받고
주눅이 든 아이들 당당함 하게 하시구면

용기 없는 자가
용기 있는 자로

꿈이 없는 자가
꿈이 있는 자가

나의 사랑이 변하지 않고
그 사람을 위해 내가
무엇을 해야 되는지 알고 있다면

절대로 그 사람이 나를 싫어해도
상관없이 뭐든지 해 주고 싶어라
그런 사랑이 나한테 아직 남아 있었구려

그 사람은 날 싫어해도
난 당신이 좋아요, 난
당신만 바라보다 행복합니다

왜 당신에 대한 사랑
변하지 않았기에 미련이 남았노라

우리 사랑은 변하지 않을 거야

포기하지 마! 뭐든지

저 사람이 나를 무시하고
저 사람이 나를 관심 주지 않는다

포기해서 이 자리
포기해서 죽음으로
가는 사람들 많아요, 아주!!

바보 같은 사람이 누구냐고
멍청이 같은 사람이 누구냐고

바로 당신이고
바로 저입니다

저 사람이 똑같은 사람인데
관심 주지 않는 사람인 당신
무시하는 사람인 당신

당신이 뭘 잘했냐
똑같은 사람인데 차별하는 자
당신도 바보이고 멍청이여

저 사람이 무시하고 무관심하다고
자살로 목숨 끊는 사람도 있어요
포기하고 좌절하는 나

저 사람이 무시하면
내가 담대함 쌓으며 살지!

뭐든지 포기하지 마
나중에 저 사람이
나한테 돌아올 사람이시구려

꿈과 소원이 없었다고
좌절하는 사람도 있고요
고민이 많은 사람도 있어서
근데 당신은 포기하지 마시구먼

반드시 당신은 다 이루어질 것입니다
힘내세요, 포기하지 마시더라

우리 사랑은 변하지 않을 거야

백만 원으로 시작된 사랑

결혼 비용은 많이 들어도
그 사람에 대한 사랑
본인이 매긴 금액이 얼마인가?

백만 원으로 시작 하니라
사랑의 예산은 없어요
백만 원으로 시작하면
백만 원으로 끝이 나지요

그 예산 올라가지 않아요
그 사람에게 상처 주면
그 사람을 울리면 만 원씩
내려갑니다 잘해 주서야죠

결혼하여 그 사람의 남편
결혼하여 그 사람의 아내
한 집에서 부부로 살며

서로 의지하며
사랑이 변하지 않으면
그 백만 원 아직도 있고

서로 싸우고 다툼하며
사랑이 변화가 오면
백만 원이 아니라 만으로 떨어지니라
서로 잘했던 못했던
서로 위로해 주며
격려해 주며 사시구려

자전거 타면서 사랑 빠지자

자전거 한 대로
그 사람과 나는요
사랑 확인하기 위하여

자전거 타면서
시간을 보내니 사랑에 빠지네

지나가던 이야기 하며
그 사람 내 뒤에 살며시
다시 한 번 약속하는 시간

시간이 가고 어두워지면
어린아이처럼 아쉬워하고

다시 만나는 날 오면
좋아서 어쩔 줄 모르는 사랑이로다

과연 사랑이 변화가 오면요
이 자전거 타며 호흡을 맞추며
시간을 보낼 수 있을까?

사랑 할 때는요
다시 나를 돌아보시구려

고쳐야 할 점 고치고
반성할 점을 하며
그 사람에 다가가서
잘해 주시면 서로 자전거

자전거 타면서 사랑 빠지는 것처럼
그 사람이 없이는 내가 살지 못할 정도로
그 사람을 나의 아내로 맞이할 수 있게끔
그런 능력을 보여주시게

그 사람과 내가 웃으며 살고 싶어라
주말에는 자전거 타고 같이 여행도 가는 부부로…

사랑의 실

사람은 실처럼
떨어질 수 없습니다

특히 나의 배우자와 나는요
그 실이 아주 특별한 실이더라

사랑의 실이구나
사랑하면 그 사람과
사랑하면 나는요
어느새 사랑의 실이 연결하는 터

가위로 그 실 자른다 해도
그 사람을 내가 사랑하며
잊지 못할 정도로 사랑한다면
그 사랑의 실 다시 연결되구먼

사랑의 실 보아서라도

그 사람에 대한 사랑

변화가 오지 않게끔

본인이 노력을 하고 최선을 다하자

그 사람의 사랑하는 마음

영원히 간직하시구려

가족처럼 친구처럼

우리 다 가족처럼
우리 다 친구처럼
이 세상 살아왔어요

가족의 사랑 변하면
가족 간의 말도 안 해요
가족 간에 같이 밥도 먹지 않아요
같이 있지 않고 다 나가 버린다

친구의 사랑 변하게 되면
친구 간의 말도 안 해도
친구 간에 인사도 하지 않고
친구 간에 전화도 하지 않는다

만나고 우정 챙기는 것
사랑이 변하지 않기에
이 자리에 옆에 누군가가 있군요.

내가 먼저 나서자
힘들면 힘내세요
내가 식사 대접하고 싶어요

슬프게 울게 되면
위로해 주시며
울지 마세요, 우리가 있잖아요
그런 말 하며 또 하며
나중에 친구처럼 가족처럼 지내시구먼.

영원히 내 곁에 있는 것
변함없는 사랑이시구려

바라만 보아도 좋아요

바라만 보아도
환장하겠네

그 사람 바라만 보아도
전 기분이 좋아요

내 안에 그 사람의
사랑이 아직 있기에
그렇게 그 사람이 보이는구나

사랑이 변한 그 사람
날 보면 짜증 내도
날 보면 무시해도

나는요 상처받지 않아요
오직 그 사람의 행복
오직 그 사람의 즐거움

그것만 원해요
그 사람은 사랑이 변했어도
나는 그 사람에 대한 사랑
변하지 않았으니까....

그래서 난 난 난
그 사람 보면요
아주 좋기만 하시구려

우리 사랑은 변하지 않을 거야

사랑을 표현하는 애칭

그 사람이나 저 사람이라도
나의 사랑이 변하지 않았으면

부르는 애칭 부릅니다
흔히 부르는 별명도 불러요

서로 대답하고
하루 있었던 이야기 나누며
아쉬운 인사하며
반가운 인사도 합시다

그 사람이라 저 사람도
사랑이 서로가 변하면요
서로 서먹하고 말이 없어지는구나

하지만 저 사람이 싫어도

만나면 인사하게 되고

귀찮아도 안부 묻는 시간이 있군요

왜 그럴까

저 사람 싫은데

저 사람이 날 싫다고 하는데

말을 걸려고 하는 거지 내가!

그 사람에 대한 내 마음

그 사랑이 변하지 않았기에

내가 말을 걸려고 하고 다시 친해지고 싶어서 애를 쓰

시구려

사랑하면요 서로 간에 애칭 쓰며

서로 웃으며 좋은 시간을 보내시더라

괜찮습니다

그 사람이 나를 싫다고
그 사람이 나를 안 보겠다고
나는요 괜찮습니다

그 사람이 지금 힘들고
그 사람이 지쳐 있다는 것을
잘 알고 있기에 그런 말을 해도

난 기꺼이 들을 것이며
그 사람 마음 이해하는구나
이 사랑이 변하지 않고 기다리기에

내가 참고 또 참고
그 사람만 바라보고 있기에
그 사람이 그 말 하여도
너무나 괜찮습니다

한 때는요
이런 생각도 하고요

내가 진짜로 사랑이
변화가 왔으면 만약에

저 사람이 그런 말하여도
괜찮다고 할까요? 내가!
또 참을 수 있을까요? 내가!

난 난 난 그 사람이 있어
좋고 마음이 놓이더라

오직 난 괜찮은 이유
그 사람만 사랑과 행복이 가득하길
내가 원하고 그걸 바라고 있기 때문이시구려

우리 사랑은 변하지 않을 거야

사랑 때문에 바보입니다

저 사람만 생각나고
그 사람의 돌쇠가 되고 싶습니다

왜 그 사람 사랑하니까
왜 그 사람 지켜주고 싶으니까
나의 사랑 변하지 않았다

그래서 그 사람만 저 멀리서
보기만 하여도 두근 거려요

그 사람에 대한 사랑
지금까지 변하지 않았기에
사랑 때문에 내가 바보이로다

그 사람은 정떨어져서
만나도 나한테 말 안 해도
만나도 나하고 놀아주지도 않아요
그 사람을 이해하구먼.

사랑이 변했다면요
지금 난 그 사람을
생각하지도 않을 것 이에유

하지만 난 그 사람
너무나 사랑하고 좋아하니까

그 사람을 대한 마음
끝까지 변하지 않을 것이시구려

비

비가 아침부터 내리네
새벽에 비 맞으며
자전거 타며 신문 배달 하오니라

가면서 비를 맞을수록
생각하면 나의 일을 하고

비가 오는데
오늘 그 사람은
오늘 무슨 일 하며 지낼까?

비가 오는 날
그 사람이 우산을 놓고
가면 안 되는데 걱정 되노라

온통 그 사람만
걱정하다 보니 아이쿠야!
내가 우산 놓고 가버리구먼

하지만 난 비 맞아도
하지만 난 감기 들어도
난 상관없어요, 다만

그 사람만은 감기 들지 말아야 하는데
사랑이 변하지 않았기에
내 몸이 더 중요한 것이 아니라
오히려 그 사람 먼저 걱정을 하는구려

제2부

사랑은! 배터리처럼

사랑은! 사랑은요
충전하며 살아갑니다
충전할 때는요
이 말이 최고더라

사랑해. 힘내.
이 말만 해 주시면요
배터리 충전 완료되시로다

난 난 난
그 사람이 나를 무시하고
그 사람이 모른 척해도

난 난 난
그 사람의 행복을
원하는 마음에 기도하노라
저 멀리 바라보며 예언하며

사랑을 다 쓰면요
변하지 않으려고 난 난
죽을힘을 다해 애를 썼습니다

다시 일어나섭니다
그 사람의 행복 위해
난 그 사람 너무 사랑하기 때문이려

사랑은! 저 들판처럼

내 마음은 저 들판처럼
하얗고 넓어요

그 사람을 내 여인으로
맞이하는 마음이 되었어요.

저 들판처럼 새와 나비
날아다니는 듯이

내 마음 그 사람의
행복 주기를 위한 노력
내 마음속에 다 있도다

사랑은! 깨끗한 들판이요
사랑은! 그 사람의 놀 공간

저 사람이 날 본체만체
난 상관이 없어요

저 들판처럼 그 사람
선물을 하며 행복한 모습 보며

그저 바라볼 수 있으면
다른 것도 원하는 것이 없으시구려

꿈을 꾸는 사랑

한 번이라도
누구라도 꿈을 꿉니다

사랑이 변하지 않고
오직 그 사람 위해
내 몸 다 바치는 꿈이요

그 사람하고만 있고 싶은 시간
잠을 잘 때 내 옆에 모시고
팔베개하며 같이 자고 싶은 마음

그 사람이 해 준 요리 먹으면서
그 사람이 해 준 마사지 받으며

이런 사랑 꿈에 본 것인데
저 사람이 해 주었으면

사랑이 변한다면
다 물거품이 될 것이시구먼

하지만 변하지 않았기에
꿈을 꾸던 사랑 이 자리에서
다 해 보고 손도 잡아보고
같이 걸어가고 포옹도 해 볼 것인데

영원히 영원히
그 사람의 사랑하고 싶으시구려

추억 속에서

추억 속으로 빠져
그 사람 처음 만나던 날

너무나 귀요미 같은 여인
그 사람과 신나게 춤추던 시절

다 지나가고 세월이 그립구나
내 옆에 나랑 같이 살고
이 여자 옛날 귀요미 같은 여인

나의 사랑이 그때
변하지 않았길래

난 귀요미 같은 여인의
가장이고 아이들의 아버지 되었네

그때 그 시절
귀요미 같은 여인
놓치기 싫어 잘해 주었구먼.

추억 속에 귀요미 여인
나의 와이프이더라 해도

그 사랑 변했다면요
그 귀요미 여인 내 아내
되지 않았을 것이시구려.

그래서 그 사람이 내 아내이기에
너무나 행복합니다 축복합니다

난 희망과 용기 그 사람 덕분에
이 자리까지 내가 가야 할 길 잡고 있더라

사랑에서 무서운 것 '말'

이 세상에서 무서운 것
사랑에서 무서운 것도
모두 우리들의 천적 말 말

저 사람 보면서
말을 하고 싶어도요
다시 생각 해 보고 또 하고
이 말 해야 하는가 말아야 하는가
한 번씩 아니라 여러 번 고민이라도 빠지네

말 한마디에 저 사람이 울고
말 한마디에 저 사람이 화내고
말 한마디에 저 사람이 웃고

아무렇지 않게 말 하여도요
나의 신뢰를 그 사람에게
좋은 사람 남기 위하여
노력할 것이고 최선 다할 것이며

저 사람한테 상처 주며
위로하며 달래기
엄청 어려워지구먼

말할 때 그 사람에게
좋은 말만 하시구려

십 분입니다 빨리 오세요

여인들은 곁으로 강한 척하지만
여인들은 속마음은 어린아이이더라

여인들은 아름다운 꽃이며
그 꽃을 혼자 두지 마세요

꽃은 내가 만난 주인님을
사랑받지 않고 있어서
겁이 나고 두려워서 시들어지네

어디 갔다 올 것이라도 해도요
딱 10분 안에 오세요
간절하고 애절하게 기다리는구나

안 오고 너무 기다리면
여인들은 발만 쳐다봅니다
조마조마하면서 그 사람만 기다리네

이 여인은 내 사랑만 받고 사는 꽃처럼
내 옆에 한 아이처럼 애교 부리며
난 그저 그 사람에게 마음이 안 좋아지구면

이러니 나의 사랑 변하지 않아요
내가 이 여인 사랑으로
지켜 주고 행복을 주고 싶어요

나의 진심이요
난 그 사람의 영원한
사랑 변하지 않았구려

날 꼭 잡아주세요

사랑이 변해서요
내가 당신 버릴까 봐
당신에게 상처 줄까 봐 두렵도다

그 여인이 진정 날 사랑한다면
그날이 온다 할지라도
날 꼭 잡아주세요

그러면 사랑을 당신께 드리며
나도 변하지 않으려고요
당신께 잘해 주고 싶어지구면

사랑할 때에는요
모두 다 미래의 일 몰라요

내가 사랑 변해서요

당신 버리고 갈 수도

당신이 사랑 변해서요

나를 버리고 갈 수도 있더라

솔직히 나도 무섭고요

솔직히 나도 겁이 나요

나 당신을 사랑하는데

당신을 놓칠까 봐…

나도 변해서요

당신을 상처 줄까 봐

당신이 꼭 날 잡아주시구려

넥타이 매 주려 하는 여인

출근하기 위해서
아침 맞이하는 나와 당신

내 옆에는 어여쁜 여인
우리 공주님이 맛있는 음식 해 주네
꿈인가요? 생시인가요?

난 난 난 아내 보면서요
그런 생각이 듬뿍 듭니다

그 사랑하는 시절
그 사람 변해서 떠났으면
나만 사랑해 주는 여자

아침마다 넥타이 매주고
거울을 보니 내 얼굴이
활짝 웃음꽃이 피었구나

역시 내 사랑 변하지 않았으니
내가 예쁜 내 아내와 살고
내가 기대고 싶은 여자와 사니까
난 꿈만 같은 이 세상 행복합니다

난 천국에 온 것처럼
인생살이가 아름답고 즐거웠구먼…

잘 해 줘야지 내 아내한테
아침에는 아내가 넥타이 매주고
저녁에는 내가 아내에게 안마해 줘야지
자기 전에는 아내한테 마사지해 줘야겠구려

우리 사랑은 변하지 않을 거야
69

만남이 몇 년까지 갈까요

사람은 한 번 만남이 되고
시간이 지나 또 만남이 된다면
보통 몇 년이 갈까요?

그것은 그 사람 하는 것마다
어떤 사람 만난 지
얼마 되지 않아 이별하는 것이며

만남이 오래가지 않으면
그렇게 생각하기도 하죠
그 사람과 나 인연이 아니구나

만남이 오래가게 되면요
사랑이 점점 커지되 결혼도 생각하시구먼
그러다 보면요 너와 나는요
인연이 있었기에 여기까지 왔노라

만남 통하여 행복이 생기고
만남 통하여 슬픔이 오는 것

만남이 짧을수록 헤어진다
내 사랑의 그 사람에게 있다면
나중에 그 사람은 나한테 왔으면…

만남이 길고 지금까지 사랑한다 해도
내 사랑의 그 사람에게는 없다면
결코 상처만 주고 그 사람 곁에
떠나고 다른 사람의 품에 갈 것이시구려

우리 사랑은 변하지 않을 거야

단둘만의 여행 가고 싶습니다

단둘만의 여행
어디든지 가고 싶어라

그 두 손 잡고 놓지 않으며
버스 타고 기차 타고 택시 타고

전국 다 다니면서요
저것 먹고 이것 먹고
저 집에 자고 이것저것 타 보는구나

난 이 시간에는 아무런 생각 없이
그 사람과 자유로워지고 싶구나

내가 그 사람에 대한 사랑
변하지 않은 이 지금
혹시 모르니 그리고 휴가철이니

한 달이든 일 년이든지
그 사람과 단둘이라면요
가고 싶고 또 가고 싶으시구면

내가 만약에 이 여행이
마지막일 수도 있었기에는
오고 또 돌아가기 싫다, 싫어요
진심입니다, 이곳에서 그 사람과
평생 단둘이 살림살이하고 싶어라

이 시간이 살림살이할 수 있는 낭만의 하루
너무나 좋은데 사랑아 사랑아
변하지 말고 그 사람 곁에
영원히 함께 지내고 싶으시구려

우리 사랑은 변하지 않을 거야

잊지 못할 우리만의 사랑

잊지 못합니다
그 사람과 떨어져도
그 사람과 이별했어도

온통 나 때문에
그 사람에게 상처 준 것
그런 죄책감이 드는구나

그 사람이 힘들 때
잘해 줘야 했는데

그 사람의 눈물이
보이게 한 내가 죄인이고
내 머리를 때리고 싶을 만큼
그 사람에게 너무나 미안하더라

하지만 한때로는요
그 사람이 너무나 그립습니다
다시 만나서 붙잡아 그 사람 돌리고 싶어라

그 사람의 그 사랑에 대한 나는요
아직 변하지 않고 있더라
아직 미련이 많이 남아 있어서
옛날 그 사람과 놀던 시간 떠올리면
내가 너무나 후회스러운 날만 생각이 나시구먼

사진 보며 애통함이 정말로 가득하시니라

후회스럽습니다, 그 사람한테 못해 준 일이
다시 만나게 된다면 아니 그 사람이 나를 용서해 준다면
아름다운 사랑 다시 나누고 주고 싶은데
그 사람이 내가 그 말 하면 용서해 줄지 모르겠구려

우리 사랑은 변하지 않을 거야

남자의 약속

난 남자인가?
그 사람 사랑하는
남자친구로서 남편으로서
나의 존재가 무엇인가?

그 여인을 만나 시간 보내며
지방에 내려가게 되면서
그 여인은 날 붙잡고
가지 말라고 붙잡아도
난 난 난 약속만 하고 내려갔더라

그 여인에게 내가 잘 되어서
그 사람에게 다시 오겠다고
그 여인 얼굴을 만져주면서
약속하며 다짐했던 나였는데

10년 지나 20년 지나도
난 올라가고 싶었는데
일이 많았고 약속은 지키지 못했네

죄책감을 느끼며 나의 사랑이
변하지 않았다면 난 지금
그 여인에게 가야 하는데

미안할 뿐이고 이제 가면
그 여인이 나를 맞아 줄 것일까
삐칠 것 같은 여인 난 그런 모습 봐도 좋다
난 입이 열이라도 그 사람한테 할 말 없으니까

그 사람에게 난 약속은
약속이니 지금이라도 가시며
용서나 하루 아니 한 달이라도 빌어보시구려

여자들의 눈물

그 남자 만나서요
행복하고 싶어서
사랑받고 싶어서
그 남자에게 기대고 있었는데

근데 그 사람은 무정하게
나의 마음을 몰라주고
내가 뭘 원하는지도 알려고 하지 않고
나의 소원이 알지도 모르면서
그 사람은 나를 다 아는 척하니

후회스럽다, 내가 그런 남자
내 남자친구라고 내 남편이라고 믿고
그 남자 곁에 내가 있는 자체가 미친 여자다

예쁜 여자 얼굴에서 눈물을 보이며
설움 안고 통곡하며 하루 이틀 울기만 하노라

울면 달래져야 하는데
또 그 남자는 그것도 의외네

이제는 남자는 못 믿어 하는 여자
믿을수록 후회만 하고 내 가슴이
타들어 가는 여자들의 심정이시구먼.

여자가 울면요
그 상처 어찌 치유하기 어렵다

여인한테 울지 마세요
그 말 한마디 못하는 이기적인 남자

사랑이 실패도 있지만
노력하고 안되면 그 말 해도 상관없노라

여인한테 힘내라고 응원과 힘을 주고 싶으시구려

사랑 때문에 내 과거 잊었다

과거 생각하면서
매일 웃고 주눅이 들면서
매일 한구석에 앉아 있었다

당신 만나서 난 달라졌다
다만 당신은 날 싫다 하여도
말하기 싫어도 상관이 없더라

당신 통해 아픈 나의 과거
다 잊었고 당신 통해 웃었도다

저 멀리서 당신만 바라보아도
난 그녀에 대한 사랑이 있어요
난 그녀 모습 보며 행복하구나

그 사람 날 관심 없어도
나의 사랑은 변하지 않았기에
나의 아픈 과거 잊게 되어서
새로운 나의 모습 찾은 것이시구먼

그 사람 날 피해도요
그 사람에 대한 나의 사랑
뭐든지 해 주고 기도할 것이며
그 사람도 사랑 때문에
아픈 과거 잊었으면 좋겠구려

난 영원히 당신만을
사랑하니까 좋아하니까

당신 통하여 내 과거 잊었다
행복합니다 당신 통하여
당신이 나를 싫어도 난 당신이
끝까지 사랑할 것이고 내 마음속으로
난 당신을 끝까지 사모할 것이시구려

그 사랑 그 사람 찾아야지

그 사랑 찾아야지
그 사랑 통해 행복함
그 사랑 통해 축복함
그 사랑 통해 평안함

그 사람 찾아야지
그 사람 통해 웃고요
그 사람 통해 의지하고요
그 사람 통해 자신감 얻었다

그 사람이 변해서요
그 사랑이 변해서요
날 싫다고 피하는구나

난 난 나는요
그 사람 놓치기 싫다
그 사랑 놓치기 싫다

나만 변하지 않아야지
그래서 그 사람을 보고
그래서 그 사람을 받고

내가 그 사람 그 사랑
찾으러 한 걸음씩 나가세

내가 변하지 않았기에
내가 지금도 당신을 생각하는 것이시구려

춤추며 반했다

그 사람은 춤추며
거절하였고 의자에 앉았네

음악이 흐르면서도
음악 리듬 타는 그 사람

춤을 추면서 보고 싶은 사람인데요
부끄럼을 타는지 어색하고 서먹하노라

우리는요 그 사람에게
춰보라고 데리고 나왔더니
그 사람은 춤을 추는 그 사람

그런데요 의외이로구나
그 사람 춤을 잘 춰요
우리가 그 사람 다시 보게 되었도다

난 그 사람에 대한 사랑
그때부터 그 사람을 반했어요

그뿐만 아니라 그뿐만 아니라
남에게 배려심이 깊고요
남에게 인정받은 사람이라서
내가 그 사람을 좋아하는 것이더라

내가 그 사람 대한 사랑
변하지 않고 끝까지
그 사람의 사랑하고 싶으시구려

난 지금도 나에겐
당신만 원해요 내 아내가 되어주세요

우리 사랑은 변하지 않을 거야

글쓰기 대회 나가며

길거리에 지나가다 보면요
포스터 본 난 나갈까 말까
그런 생각 하며 고민에 빠지는데

우연히 그 길 지나가던 그 여인
그 사람도 포스터 보고도
그 사람도 나갈까 말까 고민에 빠지네

그 사람이 나를 싫다고
그 사람이 항상 나를 무시하였던
그랬던 그 사람이 오랜만에
나한테 말을 걸고 있구나

이 대회 나갈 것이냐고요
난 난 난 고민하면서
그 사람이 나한테 글쓰기 대회 나가야지
그 사람이 말을 하고 있는구나

그 사람도 글쓰기 대회 나가면서

누가 상 받든 안 받든

난 상관이 없어요 그 사람이

글쓰기 대회 나가서 그 사람이 상 받았으면요…

오직 그 사람과

같이 이 대회 나갔다

오랜만에 말 걸었던 순간

난 좋았다 행복하였구먼

시상식 할 때 기도하옵니다

그 사람이 글쓰기 대회 1등 하기를 원하는구려

그런 여자 없을 것이다

그 여자는 다른 데 가도요
찾을 수가 없을 것이다

그 여자는 기대고 싶어서
기대면 너무나 편한 여자이로다

그래서 제가 그 여인을
사랑하고 좋아하니까

다른 도시에서 가도요
그런 여자 둘러봐도 없어요

그 여자는 날 싫다, 해도요
나의 사랑은 변하지 않았다

그 여자는 남을 배려하고요
그 여자는 남을 도와주고요
그 여자는 남에게 인정받았구나

그래서 내가 반했도다
그래서 내가 그 사람만
바라보게 되게 기도 하고 있구먼

그 사람만 행복 하길 원해요
그 사람만 상처 치유 하길 원해요
내가 사랑이 변하지 않았구려

저는요 당신만 사랑했어요

거짓말하는 것이 아니라
내 마음 당신께 있어요

거짓말하는 것이 아니라
나 당신만 사랑했어요

한눈팔지 않았어요
지금도 당신을 사랑해요

당신한테 날 원망해도요
당신한테 날 싫어해도요
다만 상처받으며 치유받길 원해요

저는 당신만 사랑하고요
난 당신을 짝사랑해도
난 이것만 충분하고 만족하고 좋아요

난 그래도 변하지 않을 것이고요
난 당신이 힘든 모습 보고 싶지 않고요
다만 당신이 행복한 모습만 보고 싶어라

다른 남자 앞에서 웃는 당신 모습
저 멀리서 바라본 전 지켜보는 자체가 좋아요

왜 내 마음은요 당신이 싫다 해도
여전히 당신께 사랑하고 있고
내 마음속에는 오직 당신이 있으시구려
그 믿음만 있으면 좋겠소

애인이 되어 주실 거죠

그 사람은 애인 있는데
그래도 난 그 사람 사랑합니다

어떻게 표현하고 싶은데
그 사람은 애인이 있어요

참, 전 난감해도
이럴 때 나의 사랑이
변해서 그 사람 모르는 척
진심으로 그러고 싶어요

난 그렇지 못해요
난 그 사람 미련이 남아서
그 사람 잊지 못하고 있구나

그 사람과 상처와 나의 상처
공통점이 있기에 그 사람 이해합니다

그 사람은 지금 애인이 있는데
내가 그 사람에게 고백하면요
내가 이상한 사람으로 보이겠구먼

난 괜찮아요, 상관없어요
다른 사람들이 당신이 나를 이상하게 보아도
난 오직 당신만 내 마음속에 여전히 있도다

당신이 그 애인이 있어도요
나한테 오세요 대신 나의 애인 되어 주실 거죠

당신이 애인이 있어도
난 그래도 당신께 고백할게요
나의 애인 되어 주시구려

우리 사랑은 변하지 않을 거야

당신의 빈자리

당신의 빈자리 있네
그 누가 오는 것인가요?

내가 앉아도 되나요
그 사람은 싫어하는 눈치
난 아니다 저쪽에 앉을게요

그 당신의 빈자리에는요
그 당신의 애인이 앉네요

멀리 떨어져 앉아서
당신을 보니 난 난
그런 생각 하면서 바라보네

너무나 귀여운 당신
애인이 있어도 그 당신
나에게 여전히 내가 사랑하는 사람

너무나 착하고 배려심 좋은 사람
당신의 사랑이 나에게 언제쯤 올까?

하지만 아직도 난 부족합니다
당신의 대한 사랑 변하지 않았구먼

당신에 대한 나의 사랑만
당신이 알아주셨으면 정말 좋겠더라

난 당신에게 사랑에 빠졌다
당신이 내 마음을 진짜로 알아줘서
당신에게 떳떳한 남자로 살고 싶으시구려

제3부

사랑에 필요한 것 '향수'

여인의 향수가 좋아서
남자들이 여자 곁에 있고요

남자들의 좋은 향수가 좋아서
여인들이 잘 떨어지지 않는구나

이 세상의 사랑이나
나의 사랑에는 필요한 것

땀 냄새나는 사람은요
진짜로 좋아하지 않아요

땀 냄새나도 땀 식히고요
향수 뿌려 다니는 사람이 낫지

땀을 많이 흘리는 사람은요
수시로 샤워하고요 향수 뿌리더라

우리 사람에 필요하고요
우리 사랑에 필요한 것은요
향수 냄새 아주 죽여줘요.

친구에게나 동생에게도
선물할 때 향수 주면요
아주 좋아하실 것이시구먼

사랑을 할 때는요
사랑 변하지 않고 싶을 때는요
뭐든지 향수가 최고더라

무지개 바라보면서

저 하늘 떠 있는 무지개
눈이 부셔지는 것처럼 아름답네

빨간색은 그 사람 화난 것이며
주황색은 그 사람 안색 좋지 않은 것이며
노란색은 그 사람 컨디션이 너무 좋은 것이며
초록색은 그 사람 행복한 것이며
파란색은 그 사람 봉사하고 배려하는 것이며
보라색은 그 사람 슬픔이 있는 것이며

일곱 색깔의 기분
다 섞여 보이는구나

비가 오면요 비가 오면요
난 난 난 그치는 것만이
하루하루 기다려지구먼

왜 무지개 뜨니까요
그러면 그 사람이 무슨 행동
그러면 그 사람의 무슨 기분
그 사람의 모습 무지개 통하여 보게 되니까

설레며 그 사람에 대한 사랑
변하지 않았기 때문에 무지개까지
이어서 그 사람의 행동 기분이 이어서 보입니다

하지만 저는 그 사람이
항상 행복한 모습 계속
보고 불행한 모습은 보기 싫어요

그럴 바에는 무지개도 보기 싫어요
난 항상 그 사람 누구 통하여서든
항상 행복하고 웃는 모습만 보고 싶으시구려

인생은 사랑이 시작입니다

인생은 사랑이 시작이며
서로 간에 놓치기 원하지 않아요

인생을 살다 보면요
인생을 오래 살다 보면요
한 사람을 마음 들여서 좋아하게 되며
사랑하게 되면 포기하고 싶지 않아요

내가 의지하고 싶은 사람
정이 있고요, 그리움이 있기에
사랑이 담긴 그 사람에게 의지하고 싶은 것이더라

온통 사랑이 차지하고 있네
그 사람 대한 사랑은 변하지 않으려고
난 피눈물 흘리며 그 사람에 대한 나의 사랑
전파하기 위해 최선을 다하며 그 사람 몰래
우렁각시처럼 기도하며 응원하며 지샙니다

서로 간에 대할 때마다
사람을 사람으로 대할 때마다
첫째는 정이 있고요 둘째는 사랑이 있네요
인생은 사랑의 즐거움이요
서로 도와주는 마음이더라

서로 사랑합니다
그 말로 인생 맞이하시구먼.

정이 쌓여야 한다
그래야 그 사람 보며
내가 행복한 인생이 보내는구려

행복한 인생 사는 동안은요
사랑 통하여 그 사람도 만나고
그 사람과 연애하는 것 제가 너무나 원하는 바이더라

당신이 좋아

나는 너무 행복합니다
저 멀리서 당신을 보고 있다는 걸

나는 너무 평안합니다
당신이 행복한 모습을 보고 있으니까

내 마음에는 항상 당신이
그리운 모습으로 보고 싶은 마음으로
당신이 있습니다, 당신이 좋아요

그 사람 언제 내게 올까?
난 그 사람에 대한 사랑이
아주 깊고요, 그대는 나의 사랑인 것이다

난 언제까지 착각한다 할지라도
당신을 쳐다봐야 하는가?

난 당신이 없으면
난 어떻게 살아야
참 고민이 되시구먼

그 사람 싫다 하지만요
그래도 나는 당신이 좋아요
화내는 모습도 귀엽고요

당신이 있었길래 난 이 사랑
영원히 변하지 않으려고
노력과 최선을 다하며 애를 쓰시는구려

나야 나

바람이 불어온 지금
밖에서 당신을 만난 나

인사도 하면서요
다시 헤어지기가
정말로 싫어요

당신은 날 싫다고 하지만
당신은 날 보면 지쳐 가지만요
아자 내가 어때서인가요?

나도 당신의 남자로서
나도 당신의 친구로서
나도 당신의 오빠처럼

당신의 빈자리 채워 주고 싶어라
나야 나란 말입니다
다른 사람도 있어도
나도 당신을 지켜주고 싶어지구먼

당신이 내 마음
다시 알아줬으면 좋겠는데
나는요 여전히 당신만 사랑합니다

난 난 당신에게 상처 주고 싶지 않고요
난 당신께 희망 주고 싶으시구려

내 사랑과 함께

나는요 솔직히 고백합니다
한 백 년이든지 난 당신과 함께
살아가고 싶어요, 진심으로 하는 말이여

그림 같은 집 지으면서요
당신과 한 부부로 살고 싶어요

밤이 깊어 가면서도요
저 별 보아 저 별 세는 것도
내가 사랑하는 당신과 함께라면

나는 좋아요 나는 좋아요
난 당신에 대한 사랑이 변하지 않았기에
난 나 자신에게 감사함 가득하겠네

당당함이 가득하기 원하는 나
손을 잡으면서 이 길거리
단 그 사람과 나 시간을 보내고 싶구먼

당신이 내 마음을
언제 알아줄 수 있는가?
그런 생각이 머릿속에 가득하노라

그 사람은 여전히
날 싫다고 보지 않겠다고 하지만요
난 상관이 없어요 진짜로요
내 마음속에는 항상 당신이 있기 때문이시구려

사랑에 계속 빠지고 싶어라

병이 걸렸더라도요
그 사람에 대한 사랑
계속 빠지고 싶어요

그 사람은 날 싫다고 하여도
그 사람은 날 보기 싫다고 하여도
난 그 사람 짝사랑해도 좋아요

그 사람의 행복한 모습 보면요
나도 왠지 행복해지니까
난 당신이 없으면 안 되는구나

그 사람 웃는 미소를 보면
계속 그 웃는 미소를 보고 싶어요
가까이 서라도 아니면 저 멀리서라도 보고 싶어요

여전히 당신에 대한 나의 사랑
변하지 않았기에 여전히 당신만 사모합니다

당신의 나를 받아 주는 날
기대되고 하루하루 기다려지더라
힘들어도 지칠 때마다 당신만 생각하며
당신만 그리워하며 다시 힘을 내며 살아가는구려

키스

사랑이 변하지 않았으면요
그때 그 사람의 사랑 굳게 먹기 위한
다시 사랑을 서로 확인하는 입맞춤…

키스할 때는요
남들의 눈치 볼 필요가 없노라

왜!!! 너와 나의 사랑
다시 확인하는 것이니까

나도 나도 그 사람에 대한 사랑
여전히 변하지 않고요
지금도 그 사람 사랑하는데요…

오직 그 사람이 나를
나의 사랑을 알아주면서요
내 마음을 받아줬으면 좋겠구먼

한 드라마에서 나오는 커플
키스하는 사랑 나누는 장면 보며

그 모습을 보면서 나도 상상하게 되는데
나도 내가 사랑하는 사람 그 사람과
언젠가 나도 당당함으로 사랑하게 되면요
달콤한 키스로 그 사람의 사랑을 확인할 수 있겠지

지금도 그 사람이 아니면요
다른 사람 여자도 보지 않는데요
아마도 그 사람은 여자를 보고요
지금도 사랑하고 변하지 않을 것이려…

밉습니다 그래도 사랑합니다

솔직히 그 사람이
사랑하고 있어도
미울 때가 아주 많아요

그래도 미워도 난 그 사람
이해하고요 날 싫다고 해도
이해하고요 날 보기 싫다고 해도요
속마음으로는 난 그 사람 잊지 못하는
그 여인이기 때문이노라

저 멀리서 날 무시하고요
그 사람이 미워함이 있어도요
하지만 난 그 사람 사랑합니다

왜 그 사람에 대한 나의 사랑
변하지 않았고 그 사람의
마음의 병 내가 낫게 해 주고 싶어라

믿습니다 하지만요
당신이 힘들어하는 꼴
도저히 믿지 못하겠구면

그래서 저 멀리서요
당신 위해 뭐든지
그 사람 몰래 사랑하면서요
그 사람 위해 기도할 것이다

여전히 당신을 사랑하니까
당신은요 나의 마음 알아주시는 것이시구려

우리 사랑은 변하지 않을 거야

사랑의 고백

저 멀리서 그 어여쁜 당신
이제 고백하고 싶어라

하지만 당신은
애인이 있고요

그 사람은 친해지고 싶어도요
아직도 그 사람과 서먹해지며
과연 내가 그 사람 위해서라면
그 사람 위해 남자답게

이 미래 펼쳐 나갈 수 있을까?
이 세상에서 그 사람을
사랑의 고백하고 싶었구먼

하지만 내가 하는 말
상처받을까 봐 두렵노라

소원이 있다면요
사랑의 고백도 중요하지만요

먼저 내가 그 사람에 대한 사랑
시간이 지나도요, 변하지 않을 것이니라

속으로는 저 멀리서라도
그 사람 볼 때마다
당신을 좋아해 당신을 사랑해

난 사랑의 고백하는 날 오시구려
난 떳떳하게 당신께 인정받길 원하네

매력이 있어요

그 사람은 보면 볼수록
매력이 항상 넘치네

뭐든지 뭐라도 하는
노력하는 그 사람이니라

봉사하면 뭐든지
봉사할 때 힘든 일
포기하지 않고 열심히 하는구나

나는 흐뭇하고요
저 뿐만 아니라
그 사람 바라보는
주변 사람들도 인정하시구먼

봉사하는 그 사람
매력이 아주 좋아요
인정받고 살고 있군요

그래서인지 저는요
그 사람에 대한 사랑
그 매력이 놓치기 싫노라

저도요 인정받은 사람이라도
나도 그 사람을 사모하기에
나도 그 사람을 순종하기에
오히려 저는 그 사람을 존경하는구려

안녕

안녕, 이 한마디
하기가 참 어렵도다

그 사람에게 진심으로
웃으며 안녕하고요
인사를 하고 싶은데

해야지 내가 해야지
그런 생각과 그 마음을 먹으며
그 길거리에 나섰지만요

우연히 길거리에서
그 사람을 보게 되면요
마땅히 말을 못하고요

얼굴이 땅만 쳐다보며
그냥 스쳐 가는구나
한참 뒤돌아 가는 모습만 보네

멍하게 쳐다보고 있으니
환장하고 미칠 것 같으시구먼

그 사람에게 당당하게요
한 번이라도 아니면 잠시라도요
나는 괜찮소, 진심으로
그 사람에게 "안녕."
딱 그 한 마디를
말을 하고 싶으시구려

당신이 내 곁에 있다면

나의 소원이 딱 하나
있는데 그 소원이… ,
언제 이루어질 것인지
잘 모르겠어요, 진짜로요

그 사람이 매일매일
내 곁에 있는 것이더라

저는요 그 사람을
사랑이 변하지 않아서인지

그 사람은 날 볼 때
아무런 말없이 스쳐 가지만요
나도 지칠만한 해도요
전 그 사람 아니면 안 돼요

상처 치유해 줄 사람이기에

내가 그 사람 의지하고 싶으니까그래서 당신이 내 곁

에 있어주면요…

다른 사람들 만나도요

말하고 싶지 않고요

그러다 그 사람에 대한 사랑

두려웠도다 겁이 났노라

난 그 사람과 이야기 하며

시간 보내고 싶고 좋은 추억

지금도 잊지 못할 사람이시구려

스쳐 간 그때 그 사람

항상 말은 못하는 나
항상 인사도 못 하는 나
항상 안부도 묻지 못하는 나

그 사람은 나를
어떤 사람으로 보고 있는가?

나는 그 사람한테
어떤 존재로 그 사람을
지켜보고 예언하는 것인가?

어디서든지 지나가도요
난 그 사람 만나면요
아무런 일이 없듯이
스쳐 간 그때 그 시절
스쳐 간 그 사람이노라

제 뒤 있는 애인한테
안기면서 행복해하는 모습

그리 그 사람에 대한 사랑
나도 언제 표현해 볼 것인가?
한참 내 앞에 아무도 없는데

그냥 서 있으며
물고 싶은 내 심정
기꺼이 참아내야 하는데

내가 힘들어도요
그 사람이 행복하면 상관없구려

모든 상황이 어떨지라도

저 사람이 고생하면요
나도 힘들고 그냥 나서고 싶어라

그 사람이 나와 말
하지 않아도 무시해도
난 기꺼이 받아 줄 것이니

다만 고생하지 마세요
당신은 내 마음 몰라줘도요
난 당신의 힘들면 나도 힘들어요

모든 상황이 어떨지라도요
그 사람이 교통사고 나서요
그 사람이 몸이 아파서 병원에 입원하여도

난 당신과 계속할 것이며
병실 안에 당신의 애인이 있어도요
병실 문 밖에서 당신이 낫기를

내 가슴 숨 막히면서요
수시로 당신께 오면서
당신에게 힘든 일이 없게
예배당에서 나 홀로 기노하는구먼

그러니 날 무시해도요
난 당신에 대한 사랑
끝까지 우렁각시처럼
당신에게 행복함 가득하기를
간절히 기도할 것이시구려

신혼 생활로 그 사람이 내 배우자

나의 미래가 어떨까?
나의 아내는 어떤 분일까?
지금 미리 만날 수가 없을까?

나는요 진정 그 사람이
미래 아내라 보고 지금까지
그 상 변하지 않고요
그 사람은 애인이 있는데도
지금까지 기다리고 있는 것인가?

난 어리석음 사람이다
내가 그 사람만 원해서
난 내가 생각해도 난
웃긴 사람이니 그 사람이
나를 어떻게 생각하는지…

그 사람이 나의 아내였으면
여전히 그런 생각 하면서요
나 홀로 있는 시간에는요

그 사람을 생각하면서요
상상도 하고 일기도 써 보고요

난 그 사람을 사랑한 순간
기록하려고 애를 쓰는구먼
그 사람이 내 아내가 된다면
아름다운 신혼 생활로
후회 없는 사랑할 것이시구려

반드시 당신 내가 축복해요

저는요 언제가 기도하는 사람
있습니다 항상 똑같은 사람이에요

그 사람의 생일 오는 날
말 없는 축하해 주며

그 사람이 웃는 모습 보며
그 사람의 즐거워하는 모습 보며
반드시 내가 당신을 축복해 주고 싶네

힘들어하는 당신
지쳐 좌절하는 당신
기죽으며 사는 당신

가까이 가서 위로 못 하지만
예배당 홀로 기도합니다

당신 고난 오는 것보다
당신의 축복함, 평안함이
가득하라고 눈물 흘리며 빕니다

난 당신의 대한 사랑
여전히 당신만 사랑하기에
당신한테 애인 있어도 상관없어요

반드시 당신 항상 웃는 날
내가 반드시 만들 것입니다
난 영원히 당신만 보고 있으시구려

우리 사랑은 변하지 않을 거야

그 사람 통하여 사랑 힘 얻으리라

그동안 기죽으며 살았다
그동안 누군가와 말하지 못했다
그동안 외롭게 시간만 보냈다

근데 시간이 지나 흐름이 지나서야
그 누군가에 내 어깨에 손대며
힘내 한마디 해 줬던 그 사람

그 사람의 말 듣고
당당하게 살았다

그 사람의 사랑 힘 얻고
누군가와 말을 하면서요
어디든지 시간을 보냈더라

그 사람을 이래서 어느덧
어린 동생이 아니라
인생 선배 누나가 아니더라

그 사람은 나에게 사랑의 힘
주신 그 사람이라든가 여자로 보이는구나

의지하고 싶은 사람이 없었는데
난 난 난 이제 생겼구먼

바로 지금 그때 사랑의 힘 얻고
당신만 보고 사랑하였고 그 사람이시구려

당신의 손 나의 손

당신의 손 참 곱네요
행복하게 사신 것처럼
당신의 손을 통해 느낍니다

나의 손을 보면요
너무 늙었어요

나의 손으로 당신을 위해
뭐든지 하고 싶어요

당신 위해서 글도 쓰고요
당신이 힘들어하면요
말없이 안마해 주고 싶더라

당신의 고운 손
몇 번이라도 잡아보고 싶네

시간이 지날수록요
난 당신의 사랑
듬뿍 빠지게 되고요

시간이 지나도록
당신을 잊지 못하고
아직도 난 당신을 사랑합니다

당신의 고운 손
절대로 물로 묻혀주기 싫어요
그 사람 위해 내가 다할 것이시구려

우리 사랑은 변하지 않을 거야

아름다운 사랑 하고 있다

지금까지 내가 그 누군가
사랑하고 그 사랑 때문에
힘들어하지 않았던 나

내가 이상해요
그 사람을 사랑하게 되며
자꾸 힘들어하면서요
자꾸 울게 되더라

그 사람은 싫다고 하고
그 사람은 보고 싶지 않다 해도
이제는 그 사람 놓치기 싫더라

난 소망이 있다
그 사람과 아름다운 사랑
꿈같은 사랑 너무나 하고 싶구나

그 사람과 나

시간 보내며 웃고요

시간 보내며 밥도 먹고요

다만 그 사람에 대한 사랑

지금은 나만 사랑하지만요

변하고 싶지 않아요

이대로 좋아요 진심으로 이대로가 좋아요

오히려 그 사람 위해서

도와주고 싶은 마음 전해 주고 싶으시구려

우리 하나이며

너와 나는요
하나입니다

네가 나를 싫다고 해도요
난 네가 좋다고 해도요
우리는 한 동지이며
우리는 한 이웃이더라

난 널 좋아한다고
너를 생각하며
너를 신경 쓰게 되는구나

너는 날 보기 싫다고 하여도
우리는 하나이기에 또 보게 됩니다

그 사람 위해서라면
넌 그 누군가 위해서라면
힘을 보태어 주면서
서로 위로해 주며 사시구먼

이웃이고 서로 변함이 없기에
정이 있어서 말도 하고 지내네

날 미워하지 마세요
난 당신과 친해지고 싶고요
난 당신을 좋아하고요
당신은 최고 사람이시구려

나 당신 위해서 멋지게 살 거야

나는요 당신을 사랑하니까
나는요 당신을 위해서라면
남자답게 멋지게 살 거야

당신이 나를 남자로 받아준다면요
그 사람을 실망과 후회 주는 꼴
절대로 그런 일을 없게 할 자신 있도다
백수라도 하지만요
허리띠 졸라매어서라도
당신 생각하면서 일을 할 것이며
당신 생각하면서 저축을 할 것이라

당신이 지인들에게서
날 소개받고 할 때는요
당신께 부끄럼 주지 않을 것이며
떳떳한 당신 앞에 나타날 남자가 될 것이구먼

왜 난 당신을 사랑하니까
왜 난 당신에 대한 사랑 변함이 없으니까
책임지며 당신의 행복을 줄 것이라

그러니 날 미워하지 마세요
난 당신이 지금 싫다 하여도
끝까지 기다리고 있겠노라
난 지금도 아니 앞으로도
난 당신만 사랑을 할 것이시구려

우리 사랑은 변하지 않을 거야

당신의 부모님

당신은 역시 어머니 닮았네
당신의 어머니는 인정받고
당신의 어머니는 곱게 사시는 분이시더라

 그래서인지 그래서인지
난 당신이 귀엽게 보여요
난 당신이 예쁘게 보이는군요

전 오히려 당신의 부모님
너무 존경 하오게 되고요
가서 인사드리고 싶어지네요

그 사람 날 보기 싫다 해도요
난 당신의 부모님과 친해지고 싶어라

당신의 부모님과 놀고요
당신의 부모님께 의지하며
난 부모 없이 자란 사람이니까

부모님은 나한테 항상 하는 말
우리 딸 착하다고 그런 말씀하시는데
난 그 말을 들으면서 난 오히려
당신의 부모님께 딸을 잘 키우셨더라

이 한마디 하오며 당신의 부모님 웃으시고
참 감사합니다 부모님 통해 인사드렸구먼
그 당신은 이 자리까지 있게 한 일등 공신 분이시더라

그래서 당신의 부모님께
너무나 감사함과 존경심이 가득하네요

왜 난 부모님께 인사할 정도로
당신을 지금도 사랑하기 때문이시구려

날 봐

당신이 나를 좀 봐요
난 당신을 보면서요

날 봐 날 봐
우리 우정 변함없으니까
날 봐 날 봐
우리 정 변함없으니까

당신이 날 싫다 해도요
날 보며 이야기하면서
옛날처럼 선후배로 지내더라

당신에 대한 사랑은
당신이 날 보면서요
행복함과 축복함을 얻으면
그것만 충분해요 저도 행복하니라

난 당신이 상처받는 것 원하지 않아요
상처받았으면 난 어떻게 당신의 상처 치유 원하구먼

그 사람은 자꾸 날 피하지만요
난 그 사람 만날 것이려

그 사람 위해 위로해 주며
용기와 희망을 주고 싶어라
날 봐요 날 받아주세요
당신을 사랑하고 좋아하는구려

오빠

예전엔 그 사람이
날 보며 오빠 불러주던 시절

그날이 그립고
그날이 생생하게 기억이 나네

내가 그 사람에게 너무나
좋아하지만 고백하지 않으면
지금도 아무것도 모를 그 사람
오빠라고 불러 줄 텐데…

너무나 후회스럽다
괜히 그 사람에게
사이가 좋지 않았더라

그 사람이 날 볼 때마다
오빠라고 말을 해 주는데
내 귀에는 듣기가 너무 좋구먼.

그 사람을 좋아하는데
그 말하다가 사이만 안 좋네

아-- 그 사람 생각하면요
나중에 아니 아예 말하지 않고
그 사람과 마주치면 얼른 피하고 싶어라

그 오빠라는 다시
그 사람 입에 통하여
난 오빠라는 소리 듣고 싶은데

하지만 난 그 사람 사랑하지만
아름다운 그 사람의 목소리로
오빠라고 소리를 진심으로 듣고 싶으시구려

우리 사랑은 변하지 않을 거야

Nothing is impossible

그 사람에게 이 한마디
항상 해 주고 싶어라

그 사람의 꿈과 희망
불가능이 없다 이 말 해 주고 싶네

그 사람에 대한 사랑이
변함이 없으니까 당신에게
내가 이런 말을 그 사람에게 꼭 해 주고 싶었구나

Nothing is impossible
이 말 해 주자 그러면요
너나 우리 행복한 사람이 될 것이요

그 사람에 꿈이 있으면요
그 사람에게 당당하게 나서자

Nothing is impossible
불가능이 없다, 넌 할 수 있다고

난 그 사람 사랑하니까
난 그 사람 좋아하니까
우리는 힘든 일하여도요
그 사람에게 넌 내가 있잖아

그러니 불가능이 없어
넌 무조건 해내고 말 거야
난 너 사랑하기에 난 당신 앞에
이런 말 하고 있다고 떳떳한 사람으로

너도 파이팅 나도 파이팅
우리 모두 이 세상 살아가며
힘내자 이겨내자 승리하자

우리 행복하게 당신에게
내가 좋은 사람으로 생각하였으면 좋겠구려

가자 가자 우리들의 세상 향해

당신의 꿈이 있다
나의 꿈도 있다
가자 가자 우리들의 꿈 향해

당신에 대한 나의 사랑
나에 대한 당신의 사랑
널리 알리러 갑시다

여러분의 상처 치유하러
여러분의 좌절 치유하러
가자 가자 우리들의 세상 향해

우리들의 사랑 변함이 없어서
여기까지 온 것처럼 우리들의
이 세상 당신을 만나러 왔노라

좌절하지 마세요
포기하지 마세요
한 사람 사랑하는데
기죽지 말라 우리가 있잖아요

당신의 상처 나의 상처
다 겪어 온 사람이기에

우리는 여러분의 희망을
우리의 사랑을 전하러 가시구려

가자 가자 우리들만의 사랑
세상 향해 알리러 가세 가세

누가 말해 줘요 우리 사랑 로맨스라고

그 여인은요
이런 사랑 원해요

그 여인은 다른 남자
연애하며 데이트하면서도
다른 사람들의 눈치 보네요

이 세상은요 편견이 너무나 심하네
남이 사랑하면요 불장난이라고 하고요
본인이 사랑하면 로맨스라고 생각하노라

그 여인은 지금의 애인과의
어울릴 것 같아서 연애하는데
남들은 그렇게 보이지 않는구나

그 사랑 하나 때문에
그 여인이 남들한테
지금 애인과 데이트하며
누가 말해 주기 바라네
로맨스 사랑하고 있다 그 말을…

그래요 그 여인은 로맨스 사랑 원해요
남들이 그 여인이 사랑 불장난이라고 생각하니까
이 여인은 눈치 보며 애칭도 잘 부르지 못하는구먼
힘들어하는 모습 많이 보게 되네요
그래요, 남들이 인정 안 해도 난 인정할게요
그 사람은 사귀는 애인과
지금 불장난이 아니라 로맨스 사랑하고 있다고

사랑은 변함이 없기에
난 당신의 행복 하길 원해요
당신이 누구와의 연애한다 할지라도
난 당신을 저 멀리서 볼 때 웃는 모습만 보고 싶으시
구려

사랑해서 미안해요

저는요 그 사람을
너무 사랑하는데요

잊지 못할 정도로
그 사람 정말 놓치기 싫더라

나 때문에 힘들어하는 그 사람
괜히 내가 사랑하고 있어서
그 사람은 날 싫다고 하는데

왠지 귀찮게 하는 것 같아서
그 사람에 대한 미안해지구먼.

내가 나 자신을 모르겠어요
어떻게 하다가 그 사람을
왜 여기까지 왔을까 그런 생각하노라

다른 여인들은 기대고 싶지 않아요
그래서인지 그 사람을 지금까지
사모하게 된 것 같구나

저는요 그 사람을 보면서요
계속 기대고 싶은 심정이노라

난 난 그 사람 아니면요
기댈 데가 없어서인지 나는요
그 사람에 대한 나의 사랑 빠진다

그 사랑 변함이 없을 것이다
하지만 그 사람에게 미안함이 가득하시구려

왠지 오늘

왠지 오늘은 불안해요
왠지 오늘은 그 사람이
우리 곁에 떠날까 봐!

나 때문에 내가 그 사람을
사랑한다고 좋아한다고
그 사람은 날 싫다고 하는데

그 사람은 나 때문에
이 지역 떠나 타 도시로
이사 갈까 봐 너무나 두렵도다

하지만 그 사람 위해서
저 멀리 그 사람 바라봐야죠

아마도 저는요

그 사람 사랑하며

그 사람 행복함 있기를 원했다

하지만 그 사람이

이 지역 떠난다고 해도

왠지 오늘은 그 사람

나의 마음을 고백하고 싶어요

난 난 나는요 그 사람에 대한 사랑

왠지 오늘 놓치기 싫더라

왠지 오늘은 내 마음 전해 주고 싶구먼

진짜로요 그 사람 지금도

내 마음에 드는 한 여인이시구려

우리 사랑은 변하지 않을 거야

나의 다이어리 안에는

나의 다이어리 안에는
그 사람의 생일이 적어 있고요

나의 다이어리 안에는
그 사람의 연락처 적혀 있고요

나의 다이어리 안에는
그 사람의 주소 적혀 있구나

나의 다이어리 달력 보며
그 사람의 생일이 오거든요
참 고민이 되고 참 생각이 빠지죠

그 사람은 내가 준 선물
거절 할텐데 너무나 걱정이 되노라

다이어리 안에는 메모하면서
그 사람에 축하 메시지 쓰며
선물을 사고요 그 선물 안에
메시지 안에 넣어주면서요

그 집 그 사람 몰라
놓고 가거라 내 마음 알리고 싶구면.

난 지금도 당신을 사랑하기에
나의 다이어리 안에 당신의 기록이 있구나

그래서 당신이 나의 마음 알아주소서
그러므로 당신의 생일 제가 생기고 싶었구려

내 나이 어때서

이 세상은 편견 심하다
저 어린 여인 좋아하면요
나와 그 어린 여인 나이 때문에
서로가 눈치만 보이게 되더라

사랑은 나이와 상관없으되
그 사람에 대한 사랑이
그 사람에 대한 믿음이
확신하며 서로 잘해 주면 되는데

요즘 세상은요
그렇지 못하는구먼.

그래서 그 사람이
나를 보고 싫어하고
나를 보고 아무런 말 없노라

도대체 내 나이가 어때서
그 사람을 좋아해도 눈치만 보고
그 사랑을 사랑해 그 말 하면 손가락질하니
너무나 서러움이 가득하더라

내 나이가 많으면요
어린 여인과 사랑하면
무슨 일이 생기는 것인가?
누구는 괜찮다 누구는 큰일 난다
난 그 사람 진심을 사랑하는데
누가 좀 사랑의 진실 좀 알려주시구려

난 그 사람을 너무나 사랑해요
사랑을 할 때 무슨 조건이 있는 것이요

있을 때 잘해 주세요

그 사람을 한다면
후회하는 일 만들지 마세요

우리가 그 사람을 기대며 살고
우리가 그 사람을 사랑하기에
같이 살고요 한 남자 아내로
같이 살고요 한 여자 남편으로

그 남편이 아내에게
내가 있을 때 잘해
그 말 하지만요 남편도
애나가 있을 때 잘해 주시구먼

아이와 남편 남겨 두고
그 집에 떠나면 그 누가
아이와 남편에게 밥해 주며

아이와 남편의 옷 빨래 누가 하며
가정 안에는 아내가 손길이 꼭 필요할 것이여

그 집안에서 누가 돈을 벌어다 주니까
아이도 학교 다니며 깔끔하게 입고 다니지
그러니 남편에게 잘해 주시더라

서로가 위로하며 격려해 주며
아내는 여자가 아니라 엄마로서
남편은 남자가 아니라 아빠로서
힘들 때마다 더 의지하며 서로가
잘해 주며 있을 때 잘하면요

본받는 자는 본인이 아니라
모두 다 자녀들이 나의 부모에게
본받게 되며 나중에 그 자녀들도
이 세상의 희망과 비전을 가지며 살 것이시구려

솜사탕 하나로 서로 입술이 옵니다

옛날에는 그 사람
내가 사랑하기 전에는
선후배로 지냈을 때가
그립고 그때가 돌아가고 싶어라

저 가게에 파는 솜사탕
선후배로 지낼 때는요
장난으로 솜사탕 하나 가지며
서로 입술로 솜사탕을 먹었던 시절

지금요 그 사람을 좋아하게 되면서요
가까이 못 가게 되니까
오히려 저 멀리서 지켜보았구나

그래서 그래서 난 옛 생각 하며
솜사탕 하나 사서 먹자고
권유하고 싶었는데 겁만 나시구먼

하지만요 난 그 사람에 대한 사랑

믿음이 굳게 먹으면서요

그 사람 잊지 못하고 해서요

난 아직도 당신 생각하면서

솜사탕 사면서 항상 만났던 장소

옛날 그 사람과 선후배로

지금은 그 사람을 좋아하게 되더라

그래서 그래서 내 손안에는요

솜사탕이 있다네 언젠가는

그날이 다시 그 사람과의

솜사탕 하나로 서로 입술이 다가가며

다시 웃으며 좋은 추억을 만들 수 있을 것이구려

내 심장 두근거리며

내 심장 두근거리며
누굴 생각하면서요
바로 그 사람 그리워하는 것이여

그 사람을 좋아하는 나의 마음
저 멀리서 그 사람에 대한 사랑
변화 오지 않았기에 나는요

아직도 그 사람을 사모하고
안 보면 보고 싶은 마음이었더라

저 멀리서 지켜봤을 뿐인데요
내 심장 두근거렸구먼

그 사람은 애인이 있고요
그 사람은 날 보면 지나가지만
난 언제나 끝까지 기다릴 것이노라

시간이 지나 세월이 흘러가면
왠지 두렵다 그 사람에 대한 나의 사랑
변화 오면 어떻게 해야 할지....

지금 이대로 짝사랑이라도
내 심장 두근거리던 이 지금
그 사람 나의 마음 받아주시기를 원하더라

저 멀리서 지켜보면서라도
기다리고 또 기다리고 싶으시구려

우리 사랑은 변하지 않을 거야

우리는 아름다운 약속했어요

아름다운 약속했었던 기억
당신을 사랑하였고요
당신은 날 무시하고 싫다고

당신과 나는 옛적에는
그 사람이 나에게 했던 말
나 같은 사람을 만나 연애하고 싶다
나 같은 사람을 만나 사랑하고 싶다

그런 그 사람과 나는요
당신과 나는요 아름다운 약속을 했더라

그 사람은 날 보면서요
나 같은 남자 만나는 것이지
내가 그 사람 보며 착각했군요

하지만 시간이 지나서요

난 그 사람을 좋아하게 되었고

하지만 세월이 지나서요

그래서 더욱 그 사람에 대한 사랑

난 그 사람을 안 보고 보고 싶을 정도로

그 사람을 나에게 잊을 수 없는 사람

하지만 그 사람은 관심 없어 하고요

그 사람은 날 무시한다 할지라도

이제는 나 홀로 당신을 아름다운 약속

그 사람을 기다리며 차근차근 약속 지키고 싶으시구려

행복합니다

그 사람에 대한 사랑
변함이 없어서 행복합니다

그 사람을 지금도
내가 사모할 수 있어서
너무나 행복합니다

그 사람을 날 보고요
그냥 지나쳐 가도요
그 사람은 날 보기 싫다 해도
난 그래도 상관이 없노라

그 사람의 곁에 있는 내가
서 있는 자체가 행복해요

그 사람의 바라보는 자체가

나는요 그냥 설레며 행복해지구면

말도 하지 않아도

나만 보다가 가벼려도요

나는요 그 사람 가는 모습

하루가 너무나 좋습니다

하지만 난 그 사람에 대한 사랑

끝까지 변함이 없기를 바라면서요

기도하며 하루를 보내며

그 사람 위해 기도하는 날이 있으시구려

한 아이의 부모가 되었어요

시간이 지나 세월이 흘러
저는요 한 아이의 부모가 되었소

지금의 아내는 그때
내가 사모했던 그 여인이
지금은 나의 아내가 되었구나

가끔 후회되는 나의 사랑
하지만 이 아이 보면서요
딸이든 아들이든지

잘 키우고 싶기에
나의 사랑 후회해도
다시 후회하지 않게 되더라

그 여인이 내 아내 아니라도
내 아내에서 낳은 자식

그래도 내 핏줄이니까
더 훌륭한 사람으로 키우고 싶어라

내 아내는 옛날 그대로라
그 옛날 내 아내가 날 싫다고
그 옛날 내 아내가 날 피하여도
내가 그 사람의 대한 사랑이 변하지 않았기에

지금 내 아내가 되었고
지금 내 아내는 엄마가 되었다네

시간이 멈추면 난 다시 돌아간다 헤도
지금 아내를 사랑하며 사모할 것이로구먼

이제는 한 아내의 남편이자
이제는 한 아이의 아빠로서
지금은 가정 위해 최선과 구슬 땀 흘리며
아자 파이팅 외치며 옛날 내가 사모했던
나의 아내 안아주면서 난 당신을 사랑하는구려

사랑의 거리

사랑을 할 때는요
사랑의 거리가 있을까?

아무리 생각해 봐도요
사랑의 거리가 있을 것이다

난 그 사람에 대한 사랑
거리가 없고 끝까지 짝사랑을
난 그 사람에 대한 사랑
그 사람 행복 위해 헌신하며

이 세상 그 사람 위해서
모든 땀 흘리며 기도해 주되
이 세상 그 사람 위해서
그 사람에게 응원과 희망 전하시구먼

그 사람은 날 무시하고
그 사람은 날 보기 싫다 할지라도
난 그 사람에 대한 사랑
영원히 영원히 사모할 것이로다

왜 나 당신만 있어야 하니까
나중에는 당신이 나에게 올 것 같으니
전 지금도 기다리고 또 기다리네요

오직 당신의 건강 기도하며
오직 당신의 행복 예고하며
사랑의 거리 만들지 않을 것이시구려

나의 은사 당신입니다

당신 통하여 내가
나 자신 다시 돌아보고요

당신 통하여 내가
누군가를 사랑하는 걸 배우고

내 곁에 있지 않지만요
당신은 나의 은사이기에
내가 당신을 사모하는 것 같구나

당신은 내가 왜 좋아하는지
당신은 몰라서 자신의 스타일

그래서 나와 말하지 않고요
그래서 나를 보면 그냥 지나쳐 가시네

하지만 내 마음속에 있는 사람
바로 당신이고요, 당신은 영원히 나의 은사님

아직도 당신은 나의 은사이자
아직도 당신은 사랑이 남아 있구나
그러니 난 당신을 포기 못 하시구먼

당신 날 믿어주었으면요
당신에게 상처 주지 않을 것이고
왜 난 당신의 은사에게 베푸는 모습을
많이 또 많이 보여 줄 마음도 항상 있노라

당신! 나를 받아주소서
떳떳한 당신의 인생 제자로 살고 싶어라
난 당신을 지금도 사랑합니다… 진심이시구려